Silvio Pellico

Adello

Texte et illustration de couverture : © domaine public
Edition : Culturea (Hérault, 34)
Contact : infos@culturea.fr
Retrouvez notre catalogue sur http://culturea.fr
Imprimé en Allemagne par Books on Demand
Design typographique : Derek Murphy
Layout : Reedsy (https://reedsy.com/)

Dépôt légal : janvier 2023

ISBN : 9791041845354

CANTICA.

Questa cantica è divisa in tre parti. La prima si riferisce ai tempi di Berengario I, negli ultimi anni del suo regno, e ai tempi del breve regno di Rudolfo in Italia: la seconda verte sulla prima impresa d'Adello, regnante in Italia Ugo di Provenza succeduto a Rudolfo: la terza scorre sovra alcuni tratti della vita di Adello, che possono riferirsi ai tempi di Ugo, e d'alcuni fra i successori di questo, cioè Lotario suo figlio, Berengario Il marchese d'Ivrea, Ottone I, ecc.; giacchè è detto che Adello morì vecchio.

ADELLO.

I.

Quando oltre l'Alpi il giovinetto Adello

Dal povero movea tetto paterno,

Pria di varcarle, un guardo all'orizzonte

Natìo rivolse e pianse: e rammentando

De' genitori la virtù e l'affetto

Ripetè il pronunciato innanzi a loro

Fervido giuramento. -

"Ah, no, al tuo nome,

Patria degli avi miei, nè al vostro, o santi

Parenti alcun disdor l'opre d'Adello

Non recheranno mai! Verrà in Italia

Il cortese straniero, e dirà - Pace,

O terra, di gentili alme nutrice!

Poi la via proseguì. - Scudiero al vecchio

Suo consanguineo ei già che, di possanza

Ricco e di fama, appo Lïon, sui colli

Della Sonna fioriti e sulla Rocca

Incisa dominava. Al giovinetto

Accoglienza amorevole il canuto

Giorgio far si degnò. Molto gli parla

De' cari genitori, e si compiace,

Perocchè del garzon commossa uscìa

Dal cor la voce, e gli soggiunge - "Il cielo

Non prosperò del padre tuo i destini,

Ma un ospite leal diegli, un amico

Che a lui la destra, e a chi da lui ne venga

A stender pronto è ognor."

Quell'onorata

Destra baciava Adello, e umile e fida

Servitù prometteva al suo signore.

Degli antichi scudieri e famigliari

Già l'ossequio acquistossi il verecondo

Italo garzoncello: e i cavalieri

Col sir congratulavansi e le dame

Per l'onestà del nuovo alunno: e lieto

Questi fra sè dicea: "Giungervi possa

Autori de' miei dì, quanto il lontano

Vostro figliuol dagli stranieri è amato!"

Ma di Giorgio crescea la bionda figlia

E di beltà un miracolo e d'amore

E di grazia era, e di virtù, Eloisa:

Ambìan la mano sua molti di Francia

Illustri cavalieri, e al prode Arnaldo

Il padre la destina. Era negli occhi

Della fanciulla e sulle labbra un pronto

Di cortesia e candor nobil sorriso,

Ch'ove volgeasi consolava: e quando

Ella uscia del castel, gl'infimi servi

E il passeggiar mendico avidamente

A mirarla si feano, e ognun tornava

Più sereno al suo ufficio e a' suoi dolori.

Ma quel tenue sorriso era qual pio

Raggio di luna che ricrea il ramingo,

Eppur misterioso un sentimento

Move che non è gioja - e più soave -

Della gioja fors'è, ma dolce ispira

Di meditar vaghezza e di silenzio:

Tal la sera in un tempio è melodia

Di giocondo ma augusto organo - ascolta

Delizïando l'anima pensosa.

Quella tinta lievissima, quell'aura

Che alla beltà del timido sembiante

Beltà diresti aggiunga, e par sia nube -

Non nube di dolor, ma di gentile

Malinconia, e pietosa indole un cenno -

Quell'è l'incanto irresistibil donde

Sì affettuosi a lei volgonsi i guardi.

Nel tetto suo, dalle verginee stanze

Fuori di rado appar: ma dagli aerei

Passi se il fievol suon per le echeggianti

Sale s'annunzia - o al genitor si rechi,

O a visitar famiglio infermo - e Adello

Sulla sua via si trovi, oppur da lungi

Trasvolar l'abbia vista, ei di sè ignaro

Palpita, e quasi un angiolo trascorso

Ivi fosse e beato abbia quell'aere,

Ei le sale ricalca ove Eloisa

Passò e santificar sentesi il core.

Ai conviti paterni, infra le antiche

Sue dame e il padre assisa - o accanto ad essi

Passeggiando tra i fiori - o nella barca

Che a' giorni estivi a tarda ora per l'onde

Va qua e là gli zefiri cercando,

Della donzella i saggi detti ammira

Il giovine scudier: ma pochi sempre

S'udian, nè quel silenzio era quel velo

O infecondo o superbo; era quel velo

Onde beltà pudica asconder crede

I suoi tesori, e più pregiati e certi

L'altrui commossa fantasia li adora.

No, all'intelletto uman, o esterno mondo,

Non sei bastante; esprimer tutto, indarno

Agogneresti, i sensi percotendo

Co' tuoi colori e suoni: egli in su porta

Più grande un mondo - l'ineffabil regno

Di quel principio che in noi pensa e scerne

L'alta armonia delle create cose.

In quel regno mental l'uomo adorando

Contempla il bello, e più e più il vagheggia

Qui, perchè in tutto il suo fulgor qui splende!

Perciò di caste immagini è silenzio

Quell'arcana vaghezza, onde men cara

È talor la parola. - Oh, che mai sono

Le scritte bende, onde il pennel presunse

Della madre di Dio dirti l'amore?

Non le ingegnose bende, il sacro volto

Dica al Figliuolo "Io t'amo:" ivi un indizio

L'immaginante spettatore, e tutta

Troverà in sè di quell'amor la istoria.

Ma quella possa, ohimè! ch'hanno le menti

Di penetrarsi una nell'altra, ad onta

Che di mister si cingano, scoverto

A Eloisa e Adello ha la vicenda

Del lor misero affetto. Ambi più volte

Guardandosi arrossiro: e - inosservato -

Talora Adel della fanciulla il volto

Atteggiarsi a mestizia ed a profonda

Estasi vide, e impallidir se udia

Reduce dalla caccia il giovin prence

Ch'esser le dee consorte, e più se udia

Di costui rammentarsi i genitori

Che dal Reno s'aspettano, e allorquando

Giunti essi fien, si compieran le nozze.

Nè lieto ad Eloisa è più il festivo

Giorno del padre suo? l'inclito giorno

Sacro al santo de' prodi, al generoso

Di Cappadocia cavaliere?(2) Ah! tutto

L'affettuoso adopra onde il sereno

Ritrovar de' passati anni, e compiuta

Far l'allegrezza del buon sir. - Gioiva

Questi alle danze e al canto de' vassalli,

Ma più d'ogni altro è a lui grato l'omaggio

Della tenera figlia e dell'amato

Italo suo scudiero.

Essa dell'armi

Le glorie ignora, e sol del padre canta

I pacifici giorni, e la clemenza

Verso i nemici, e il benedir concorde

De' felici suoi servi, e il dolce ospizio

Che appo il suo focolar trova l'illustre

Pellegrino e l'oscuro, ed il credente

E l'infedel - ed ogni strofa chiude

Intercalando un giubilo d'amore:

"Ah sì, tal d'Eloisa è il genitore!"

Ond'è che men degli altri anni gioconda

Comparia la donzella, e più diletto

Pur la sua voce trasfondea ne' cuori?

Ah, dovunque la tua fiamma s'apprende,

Ivi, o Amor, è una vita, ivi un incanto

Che tutte le gentili arti sublima!

Universal lode era, e d'Adello

Non pur motto s'udia: ma il guardo a caso

Sovra lui pon la giovin dama, e il guardo

Innamorato incontra - e, oh, d'ogni lode

Ben più le parve!

Il mutuo turbamento

Perocchè romoroso era l'applauso,

Null'uom vide o capì. - Si ricompone

Adel: sulla infiorata arpa coll'agili

Dita preludo, e l'armonia celeste

Gli versa in cor de' mali suoi l'obblio.

Son guerrieri i suoi carmi. Ei di san Giorgio

Dice l'eroico spirto - E della figlia

Di quel re dice il pianto e le sciagure

Che divorata esser dovea dal drago,

Quando il cappadocèo redentor venne

Della beltà e dell'innocenza. Ignuda

La vergine regale al drago esposta

Pinger non osa Adel: cinta d'un velo,

Il sembiante ei le dona d'Eloisa,

E il biondo crine ed il ceruleo sguardo

E sì amabil ne trae quadro pietoso

Che a tutti molce gli ascoltanti il petto.

L'arrivo ei dice del campione e l'ira

Contro a' codardi cavalier che il brando

Non consacrano a' deboli, e a quel sesso

In che onorar dobbiam Maria: e descrive

La terribil battaglia; e la sconfitta

Del mostro immane; e il giubbilo e il trionfo

Che la turba apparecchia; e la modestia

Del vincitor che involasi, e a novelle

Per la terra trascorre inclite imprese.

Oh, allor d'Adel, nell'inno suo di fuoco,

Tutto il cavalleresco animo splende!

I bei fatti lo esaltano; una viva

Sete di gloria lo divora: in vago

Disordin, nella mente i grandi esempi

Gli si confondon del guerrier ch'è in cielo

E quelli del suo sir, e a entrambi aita

Chiede e virtù perchè lor orme ei prema.

Quell'affanno, quel nobile desìo,

Più che le lodi avutene commove

Il magnanimo vecchio:

"Eccoti, o figlio,

L'onorato mio ferro; i dì verranno

Ch'io giacerò cogli avi, e questo ferro

Mieterà ancor per mano tua gli allori!"

Al valente cantor doni gentili

Porgean le dame, e il sir dicea: "Tu sola,

Figlia, sconosci la virtù e le nieghi

L'amabil guiderdone?" - Alla paterna

Dolce rampogna ella sorride, e tosto,

Vergognando, discignesi dal petto

Candida sottil zona, e sovra l'arpa

Leggiadramente del cantor la posa.

Oh che son gli altri fregi? Il tempo forse

Potrà la rimembranza o scancellarne

O almen scemar; ma questa zona! -

"Il seno

D'Eloisa cingevi! e tu sentito

Hai di quel seno i palpiti! e sentito

Forse li hai raddoppiarsi (ahimè, pur troppo

Ell'è certezza!) allor che o la mia voce

Udia da lunge o i guardi miei trovava

E mie pene leggeavi!" Ah, da quell'ora

Così delira Adel!

Spesso un tintinno

D'arpa s'ode la notte entro il castello:

Egli è il misero amante che riposo

Sul letto non rinvenne, e con dimesso

Suon quelle melodie va ricordando

Che più son care ad Eloisa - e il bianco

Lin che dal musical legno discende.

Sopra il volto li ondeggia e sopra il core,

E reverenti baci egli v'imprime,

E gli parla e il ribacia, e talor forse

D'una lagrima il bagna.

Il destin move

Un dì la giovin dama a errar solinga

Tra le rose dell'orto, ed ivi il caro

De' suoi pensier segreti idolo incontra.

Ambi treman, ritrarsi ambi vorriano:

Ma, perch'egli era mesto, una soave

Parola essa gli volse - "Adello, udiste

Favellar d'uno spirto che ogni notte

Già da alcun tempo bea il castel di queti

Armonici sospir?"

"A quello spirto,

O cortese mia donna, era speranza

Che i suoi sommessi asconditi sospiri

Ignorati sarien: s'alcun li udiva,

Uopo è ben che nemico abbiasi il sonno - E

a quello spirto assai dorria se il sonno

Mancasse ad altri come a lui."

Nullo era

In se quel dir; d'eluderlo v'avea

Pur mill'arti o troncarlo: ahimè, quell'arti

Ad Eloisa non sovvengon! Pochi

Confusi detti replicò, e que' detti

Molta pietà spiravano. Ah, d'ossequio

Sol parlò Adel, ma questa voce uscìa

Sì tenera e tremante, che simile

Era alla voce "amore!" Ed ei soggiunse

Sì meste cose di quei dì in che privi

Saranno questi fiori e quel castello

Di chi li fea sinor giocondi - e, spesso

Interrotto, pur dice anco di fiori

A cui del sol manca la luce, e a terra

Allor chinan la testa... e più non sorge!

"Oh Adel, t'intesi! il tuo proposto è orrendo:

Tu vagheggi la morte!"

"Oh donna! Il giorno

Che tanto audace io fui d'innalzar gli occhi

Sovra cosa divina, era decreta

La morte mia dal ciel quel giorno."

Il pianto

Sgorga a forza dagli occhi d'Eloisa;

Ma dignitosa ell'è tutt'ora, e gravi

I modi e le parole. Un lampo d'ira

Le balenò piangendo e dir parca:

Così m'astringi ad avvilirmi? - Ei muto

Angosciato abbassava le pupille

Più che mai reverenti onde la donna,

Lagrimando non vista, il duro peso

Della vergogna non sentisse. E il pio

Riguardo ella scerneva, e in petto quindi

Pietà maggior la inteneria. -

Tal'era

Di que' semplici eventi la catena

Che (impreveduta) avea le due inesperte

Alme condotto alla fidente e vana

Compassïon del vicendevol duolo.

Ma oh come quelle bell'alme, incapaci

Pur d'un pensier che da virtù non tragga,

Accusansi ciascuna in sè medesma

Del biasmevol colloquio!

È questa adunque,

Pensava Adel, la mercè ingrata è questa

Ch'io rendo al mio signore? a lui che tanti

Su me profuse beneficii e pegni

D'amistà nobilissima ed esempi

Alti d'onor? Così rammento i cenni

De' genitori miei, la veneranda

Storia de' lor martirii e come in venti

Ben più gravi sciagure immolàr tutto

Fuor che lor fede a' cari prenci e al dritto?

In chi di giusti nacque, è onnipossente

La rimembranza de' dettami austeri

Nell'infanzia bevuti e il sacro accento

Con che amando addolcianli e padre e madre.

Disonorar con vili atti egli teme

L'immacolata lor canizie, e questo

Gentil timor, ne' gran cimenti - allora

Che virtù langue - di virtù lien loco.

"Ahi, che feci, Eloisa? Ove trascorse

L'incauto labbro! Oh, un infelice obblia

Che ardì il tuo sdegno provocar! L'insania

Onde vittima gemo, ancor la voce

Del dover mio non soffocava appieno.

Che insano fui - non vil - tel dirà il pronto

Mio abbandonar questo adorato albergo

Onde più mai non rivederti. Un alto

Delitto le contrade itale afflisse

E vendetta domanda: io la grand'ombra

Di Berengario a vendicar mi reco.

Cadrò nel campo dell'onore: udrai

Forse in breve il mio nome e dirai "Basso

Fu il viver suo, ma egli moria da forte."

Ma non men che in Adel s'avviva in petto

Ad Eloisa di virtù il bel raggio:

E ipocrisia sdegnando e vano orgoglio,

Qual sorella gli parla e con decoro

Quasi di madre e di regina - eppure

Sol favellar così potea un'amante.

Un celeste idïoma era, onde i pochi

Predestinati cuori han conoscenza

Che amaron come Adello, e un'Eloisa

Sulla terra trovarono, e una volta

Piansero insieme, e da quel dì migliori

Si sentir - benchè forse, ahi, più infelici!

Ella accenna infrangibil l'imeneo

Che del suo padre la saggezza ha fermo,

E dice sacro quel dover che legge

A entrambi lor fa il separarsi e pace

Ricercar nell'assenza: e poi soggiunge

Con enfasi gentil quanto l'uom possa

Sublime farsi nel dolor, se invitto

Ai colpi di fortuna animo opponga,

E più, se nel dolore ei sempre aneli

A far sì, che ad un lito (ond'esul mosse)

Spesso la fama sua giunga e tai fatti

Narri di lui, che ognun qui dire ambisca:

Io lo vidi, io 'l conobbi, ei mi fu caro!

Con più tenera voce indi Eloisa

Il rampogna che morte ei nelle prime

Pugne minacci d'incontrar; gl'intima

Di viver -

"Donna, ah da te lunge? -

"Vivi

Alla patria, a' parenti... ed al conforto

Pur d'Eloisa!"

Questo detto ha fisso

Del futur campion l'alto destino!

II.

"Ben t'avvenga, o stranier, che non disdegni

Del proscritto la stanza! Oh, il curïoso

Mio desir non t'offenda: avresti il suolo

Di Verona toccato? o nulla almeno

Dell'infelice mia patria t'è noto?"

"Verona tua, gran Valafrido, ancora

Non visitai, ma qui di Francia io movo

Per quella volta."

Adel così dicendo,

Una scritta porgeva: e con ossequio

(Mentre quei legge) osserva le sembianze

Dell'eroe cui per molte cicatrici

Beltà non scema: è in Valafrido un misto

Tal di guerriera cortesìa e fierezza

Che affetto ispira e in un tema e stupore.

"Che? Tu del sir di Rocca Incisa alunno,

Di lui ch'a Eligi mio chiuse le ciglia? -

E dal felice tetto del vegliardo

L'ardente febbre involati de' prodi,

Il bisogno di gloria? Oh, dritto ei parla,

Con paterna amarezza lamentando

Giorgio il tuo dipartir! Ne' generosi

V'è un impulso di Dio che li sospinge:

18

Uopo è onorarlo, anche se il cor ne pianga."

Adel s'inteneria rammemorando

Del suo signor l'affettuoso sdegno,

Quando i suoi preghi a forza il combattuto

Congedo ottenner. Poi dalle ospitali

Accoglienze animato - "O Valafrido,

Guida mi sieno i tuoi consigli: acceso

Dall'alta istoria di tua eroica fede

Pel trucidato nostro italo Augusto,

Al sitibondo mio ferro ho la morte

Del traditor giurata."

"O giovinetto,

il cor mi brilla udendoti. Perduta

Tutta de' giusti ancor dunque la stirpe

Non è in Italia? I giusti - oh, ma son rare

Stille che pure cadono dal cielo

In torbido ocean, che inosservate

Nelle giganti sue schiume le ingoja!

T'arrida un giorno la fortuna: or tempo

È di sostar: te perderesti indarno

E del trafitto Cesare quel sacro

Unico avanzo su cui pende il brando

Dell'assassin."

"Ciò che a salvar la figlia

Di Berengario lungamente opravi

Noto m'è o Valafrido..."

"E non t'è noto

Che al novo italo sire Ugo negando

Chinar l'insegna mia, se dalle mani

Dell'assassin Rasperto ei non togliea

La donzella regal, meco possente

Esercito ebbi che d'onore al sacro

Nome parea tutto avvampar? L'infido

Ugo mi trae ne' lacci suoi chiedendo

A me di pace il parlamento: i dritti

Son vïolati delle genti: in ferri

Tratto mi veggio. Ov'eran le promesse

Dell'esercito mio? dove la sete

Di giustizia e vendetta? Oh vitupero!

I creduti leoni eran conigli

Che un fischio sperde. Alla prigion m'involo,

A mie castella mi ricovro, ai servi

Do franchigia e virtù: la fede e il grato

Animo in prodi trasmutò gli abbietti:

Pugnar, morirò al fianco mio. Ma invano

Sperai che gara in petti altri e gentile

Pudor si ridestasse. Il soverchiante

Numero mi sconfigge: Ugo e Rasperto

Al suoi adeguan le mie rocche,e a stento -

Ramingo, insidiato, egro - l'afflitta

Testa posar m'è in questi monti dato."

"Signor, tu il sai,soccombe il retto,e vana

Però non è la sua caduta: è crollo

Che desta le sopite alme e del retto

A compir le sublimi opre le incalza."

"Adel, m'ascolta: speme una accarezzo,

Sol una."

"Qual?"

"La grande alma d'Ottone.

Io in Lamagna trarrò, moverò l'ira

Del generoso: il vindice d'Italia

E del tradito imperador fia Ottone."

Al quarto dì si separar gli eroi:

Valafrido oltre l'Alpi, e Adello mosse

Alla città infelice ove vassallo

Del re malvagio domina nel sangue

Il feroce Rasperto. Avea costui

Folto stuol di satelliti, raccolti

Tutti d'infra le truci orde venute

Di stranie terre alla rapina. - Adello,

Onde vie meglio ascondere che in petto

Lombarde cure ci prema, avventuriere

Nalio di Francia fingesi, cui sorte,

O errori giovanili, o irrequïeta

Brama d'eventi fuor di patria spinse.

Tacitamente a lungo ogni suo passo

Esplorato venia. Seco si stringe

Un burgundo guerrier: cieca fidanza

Mostragli Adel, sognati casi narra,

Forte invaghito del mestier dell'armi

Dicesi,e a poco a poco ode gli offerti

Patti, e ingaggiarsi appo Rasperto assente.

L'avvenenza d'Adel, la signorile

Sua destrezza nell'armi attirò in breve

Del tiranno gli sguardi, e di sua corte

Agli ufficii l'assunse.

Adel fremea

Nell'incurvar l'altera alma alle bieche

Non imparate ancor del debole arti:

Ma incurvarla era forza, o prorompendo

Mal augurata far l'impresa. È lieve,

Di Berengario sulla tomba il mostro

Strascinar per le chiome e trucidarlo;

Ma di Rasperto riman poscia il crudo

Nipote Euger, che in sua balia rinchiusa

Tien nella torre Sigismonda e il sangue

Versar della infelice orfana puote.

Pria che vendetta dell'estinto or vuolsi

Dell'oppressa innocenza oprar lo scampo.

Cauto osservar gli spiriti, una tela,

Se arride il tempo, ir preparando, e il cenno

Di Valafrido attendere - tal era

Lo spettante ad Adello inteso incarco.

Ma più lune trascorsero, e l'eroe

Di Lamagna non torna, e orrende nozze

(Onde gli ambiziosi emuli tronche

Sien le speranze) intimansi alla figlia

Di Berengario coll'infame Eugero.

Repente sulle piazze alla sommossa

Chiamar la turba? Ed a qual pro? Non altri

Tentaron questa via? Tosto immolati.

Dalla viltà del volgo, - od a ritrarsi

Costretti si vedeano, onde il tiranno

Non estinguesse del lor re la figlia.

Dar l'assalto alla torre? e con quai brandi?

Ah, in molti petti è l'ira, il desio in tutti

Della vendetta, la virtù - in nessuno!

O almeno Adel non la scoverse. - Un fido

Servo, che collattaneo era del vecchio

Padre d'Adello, e indivisibil sempre,

Fin dal natal del giovin sir gli stette,

De' suoi segreti è il sol custode: oh, gli anni

La destra aggravan d'Almadeo; compagno

Fora mal certo nel ferir!

"Buon padre,

Urge il tempo, ho deciso: ad ogni rischio

Sol rimango io, ma Sigismonda è salva."

"Che dici o mio signor?"

"Sotto l'ammanto

D'altra grave cagion, rapido cocchio

E destrieri apparecchiansi: al tramonto

Portator de' messaggi io di Rasperlo

Al re m'invio - ciò crederassi - il cocchio

Tu guiderai; più prezïoso un pegno

In mio loco ivi fia. Non della corte

D'Ugo il cammin,ma di Vinegia prendi:

Sino al mar non ristarti: un agil legno

Senza indugio v'accolga, ed al suo illustre

Proscritto zio la vergine conduci."

"Deh, l'arcano mi spiega!

"Odi: tu sai

Che alla prigion della regal donzella,

Fuorch'a entrambi i tiranni e alle lor guardie,

Ad uom recarsi non è dato. Appena

Due antiche ancelle - e l'una a Sigismonda

Nutrice fu - ponno ogni dì all'afflitta

Di compianto e amistà porger ristoro.

Ad esse favellai. Della nutrice

Le spoglie io vesto, all'altra m'accompagno,

In carcer resto, e assuntesi le spoglie

Della nutrice, Sigismonda fugge.

Ir non può in fallo il colpo: occhio severo

Su queste donne non s'estende. Inferma

Da lungo è quella onde la voce io tolgo:

Muta sol ivi penetrar, ravvolta

In ampio velo: al scender della torre

Al lor umile tetto uom non le segue.

Buje or sono le notti: al destro lato

Del vicin tempio le fuggiasche trovi.

Salgano il carro immantinente: sferza

Senza posa i cavalli."

"O signor mio,

Che fai? tua vita perdi: a' genitori

Pensa."

"Agli esempii lor penso: la vita

Posposer sempre al maggior ben - l'onore!"

"Del tinto personaggio a me la cura

Dona, all'illustre zio tu stesso adduci

La salvata donzella."

"Oh, ben da tanto

M'estimo io sì! nè a tue virtù, la gloria

Di morir per sì giusto atto, minore

Certo sarìa! Ma di soverchia mole

È, Almadeo, tua presenza: in guisa niuna

Dal travestir s'illuderian gli sgherri:

Me affida inoltre il valor mio: l'acciaro

Del padre d'Eloisa io sotto ai lini

Donneschi porto, e allor che s'avvedranno

(Dopo molte ore, deh, ciò sia!) le guardie

Dell'inganno sofferto, io d'atterrarle

E scampar non dispero; e piena l'opra

Forse eseguir che il morto re domanda."

Resistenza e preghiere e ammonimenti

Ripetè invan l'antico. - I fatti egregi

Pensa anche il vil talvolta: il sol gagliardo

Li pensa e compie - e tra il pensiero e il fatto

È una ferrea catena, e niuna scossa

Quella catena fa ondeggiar.

Le donne

Alla torre presentansi. Il guardiano -

"Dio ti ridoni la salute o inferma!"

E la sana risponde: "Oggi l'affanno

Più dell'usato la meschina opprime,

Nè a veglia quindi appo la dama a lungo

Starci forse potremo." E ciò dicendo,

Al saluto venal porgea cortese

Qualche mercede.

Inesplorate i neri

Avvolgimenti della torre ascendono,

E lor la trista cella si disserra

Di Sigismonda; indi il guardian sen parte.

Tutto in breve ode la fanciulla. Invasa

Da sorpresa e rossor, confusi, incerti

Detti favella. Il giovin cavaliero

E la vecchia fedel con premurose

Istanze le fan forza. Ah, d'involarsi

Dall'infame imeneo trattasi, i dubbi

Stolti, funesta ogni esitanza fora!

Della nutrice a Sigismonda i veli

S'appongono. - L'inferma appo la dama

Lunga dimora far non può: al suo letto

Già si ritira. In fondo era alla cella

Adel quando il guardian chiuse, e le donne

Fuor della torre addusse; ed osservato

Perciò non venne.

Poich'è sol, del manto

Che il cingea si discioglie, e il suo guerriero

Aspetto ripigliando, avido tende

E inquïeto l'orecchio. Ei di sventura

Trema - non già per sè: sull'elsa ha il pugno:

I perigli ricorda in cui quel brando

Conquistò a Giorgio la vittoria: stretta

Si tien sul cor la zona d'Eloisa -

E sovrumana forza alla sua destra

Tal s'infonde, che intrepido i suoi giorni

Venderia e cari a folta schiera innanzi,

Ma alla fuggiasca pensa e per lei trema.

"Che direbbero Italia e Valafrido,

E i miei parenti e un dì Eloisa, ov'io

Con improvvida audacia a morte spinta

Avessi Sigismonda? Eppur la scelta

Di più partiti io non avea, e il peggiore

Era l'indugio. Strepito non odo:

Oh cielo, arriso avresti? Ale ai corsieri

Presta, lor tracce agli inseguenti ascondi!

Propizii sovra il mar spira i tuoi venti!

In porto adduci l'innocente afflitta,

E ch'io pera, se il vuoi, ma inglorioso

Non sia il mio fato!"

Secoli son l'ore,

Ma pur segue una l'altra, ed ogni istante

Reca in Adel nova speranza e gioja.

Verso il mattin - prostratto era ei davanti

A un crocefisso, e per la patria orava,

E per tutti i mortali, e più pei cuori

Che sono al suo più strettamente avvinti -

Quando un suono di passi e di parole

Pei rimbombanti angusti anditi giunge

Al prigioniero. Stridono le chiavi

E gli orrendi cancelli. In piedi ei balza:

Ascolta - e i ghigni scellerati scerne

Dell'impudente Euger. Venìa il malvagio

Ad annunciar, che irrevocabil cenno

Dell'empio sir, ferme ha in quel dì le nozze.

Ma la porta dischiudesi - oh sorpresa

Spaventevole al reo, d'imbelle donna

In loco all'affacciarglisi improvviso

Incalzante guerrier! Pongon la mano

Alle spade i satelliti e il lor duce,

Urla mettono orrende, orrendi colpi

Metton, ma invan: già steso è al suolo Eugero,

Già spiccia il sangue da più petti: in cerca

D'aita e in fuga altri si volge: umana

Opra questa non credon, ma prodigio

Invincibil del cielo. Adel si slancia

Con volo irrefrenabile atterrando

Tutti gl'inciampi, e della torre è uscito.

Al popol corre, con possente voce

Incita a compier l'alta impresa: ei narra

Dell'involata all'esecrande nozze

Figlia di Berengario.

"Avventuriero,

Qual credeste, io non son, d'estrania terra!

De' Saluzzesi monti, italo io sono,

Figlio del sire Adel, che antico servo

Fu dell'ucciso imperador! Vendetta

L'adirata onoranda ombra a me chiese,

A voi tutti la chiede. Oggi la taccia

Si lavi che (già omai volge il terz'anno)

Vi disonora e dican la fraterne

Ed emule città - Giacea nel fango

Per rio destin, non per viltà, Verona!"

Il suo apparir maraviglioso, i caldi

Accenti del guerrier, la reverenza

E la pietà che spiran le ferite

Onde il volto gronda - e par ch'ei solo

Conscio non siane - un inatteso effetto

Producon nella turba. Al denso stuolo

Delle feroci mercenarie lance,

Che con Rasperto irrompono, non cede

Come altre volte il volgo: aspra battaglia

Le vie e le piazze insanguina: le opposte

Ire in eroi trasmuta anco i più vili.

Adel s'azzuffa col tiranno. Ivi era,

Ivi a mirarsi spaventevol cosa

Il furor de' gagliardi, il mortal odio,

E di disperazion l'ultima prova!

Lunga è la lotta, dubbia è la vittoria:

Si soffermano il popolo e i guerrieri,

E alterno è il plauso ed il terror. Ma alfine

Precipita il tiranno: a quella vista

Sgomentati si sperdono gli sgherri:

Grida di gioja il popolo manda - e Adello

Trionfator, ma semivivo, cade

De' suoi compagni d'arme infra le braccia.

Dio quella vita ad altre angosce ed altre

Glorie serbava: ma all'esauste vene

Del campion di Verona a grave stento

Riedè salute.

Un dì, al suo letto ei vede

Inoltrarsi due duci. Uno ei ravvisa:

È Valafrido. Di Lamagna i prenci

Questi trovato avea sì nelle interne

Discordie avvolti, che niun d'essi cura

Prender potea dell'itale fortune.

Oh come Valafrido i dolci amplessi

Rende al ferito eroe! come gentile

Dal labbro suo suona la lode al forte

Fatto d'Adel! Nè men commosso e onesto

Favellando applaudìa l'altro guerriero.

Il magnanimo zio di Sigismonda

Quegli è che ad onorar venne l'ignoto

Della nipote redentor: - Più giorni

Con delicata indagine il vegliardo

Spiò se in cor d'Adel fiamma d'amore,

Eccitatrice d'alte gesta, ardesse

Per l'augusta donzella, e dagli accorti

E amici detti un raggio tralucea,

Qual di desio che Adello osi a tai nozze

Elevar sue speranze.

Il perspicace

Garzon di quel linguaggio i sensi intende:

Ma cortesìa vuol che li ignori, e aperto

Scansi rifiuto. Quindi uopo tingendo

D'amichevol conforto e di fidanza

A sollevar del mesto animo il pondo,

Con fil e candor narra al buon vecchio

L'umile istoria de' suoi giovani anni,

E il foco inestinguibile che inceso

Le virtù d'Eloisa e la bellezza

Han nel suo petto, e tutto dice - tranne

Che riamato ei sia. - Ben gli era nota

La sfolgorante venustà e la dolce

Alma di Sigismonda, e come i prenci

Si contendan sua destra e quella destra

Porti forse venture alte di regno;

Ma più che ogni tesoro e più che i troni

È a lui la sua Eloisa - oh doloroso

Sovvenir d'un bel sogno! inutil culto!

Inutil no, giacchè sublima il core!

III.

Nell'arduo calle della gloria i primi

Cantai passi d'Adello: or trasvolando

Sull'ali rapidissime del tempo,

Additerò sol come lampi i lunghi

Patimenti e le gesta onde l'eroe

Gli anni suoi segnalava.

Ugo, insultando

Delle città, de' vescovi e de' forti

Itali castellani a' privilegi

E schernendo i trattati ed impunita

La libidin lasciando e la rapacia

De' suoi baroni, acceso avea nel regno

Di civil guerra la esecranda face.

Dal furor della plebe i regii messi

Lacerati venian: le inesorate

Lance del sire offeso alla vendetta

Trucemente scagliavansi. Ammucchiati

I cadaveri ingombrano le strade,

Nè v'ha chi li sotterri: il pellegrino

Riede al natio villaggio, e indizio appena

Del loco ov'ei sorgea songli i mezz'arsi

Rottami delle pietre e pochi teschi - Forse

del padre e dei fratelli i teschi!

Tal de' Lombardi era lo stato. Adello

De' depredati borghi e monasteri

In difesa accorrea: di lui, nemico

Più formidabil non avea il tiranno.

Ma in breve queste guerre han tratto all'imo

D'ogni miseria la contrada: il mese

Della messe venia, ma il sol versata

La sua virtù feconda avea ne' semi

Dell'ortica e del cardo; e da lontano

Il fuggiasco villan piangea sul brando

Che a' dì più lieti gli falciava i campi.

Ride Burgundia. "Or tempo è di riporre

I nostri ferri agl'Itali divisi!"

E già possente esercito calava

A sicura vittoria. Allora Adello

Vede la gran rovina: ad impedirla

Non v'è che la concordia, e alla concordia

Città rivali stringer sol può un scettro.

Del nome suo l'autorità sopisce

Gli odii: ei radduce le cosparse insegne

Appo la regia insegna. Or la salute

Dell'itala corona oprisi, e il guardo

Sulle colpe ond'è tinta uom non sollevi.

L'impulso dell'eroe quasi un novello

Spirto ne' pria diversi animi ha infuso.

Ugo, con maraviglia, in sua difesa

Color vede morir cui dianzi ha raso

Le castella o i tugurii: il crudo petto

A forza inteneriasi: ambir la gloria

Parve di scancellar co' benefizii

E con la giusta signoria le cieche

Ire sue prime. Adello, e altri guerrieri

D'onesta fama, sedi ebbero somme

Nel consiglio del re - ma quando piena

Fu de' Burgundi la sconfitta e saldo

Novellamente il trono, ecco, al tiranno

Ombra fa il nome del suo prode, e al dritto

Favellar suo magnanimo la taccia

Dassi ben tosto di ribelle orgoglio.

Dicon vetuste cantiche il giudizio

Scellerato ch'espulso ha dalla patria

Chi la patria avea salva.

Andò il ramingo

Del veneto leone agli stendardi

E lor sacrò la spada sua. - I superbi

Isolani, già tempo, avean le spiagge

Di Dalmazia predate e con la frode

Tolto di là tal venerando oggetto

Che da secoli e secoli a fraterno

Pellegrinaggio i Dalmati adunava

E fea d'un ricco monister la gloria:

Era la lancia d'un antico eroe

Che dal giogo pagano in molte pugne

Sottratto avea le natie valli. Il grido

Degli eccelsi miracoli, operati

Dalla reliquia di quel santo, al furto

I mal devoti veneti sospinse.

Ma intanto rotte più fiate, e sempre

Rinascenti nell'ira e più tremende,

Di padre in figlio le tribù selvagge

Con giuramento avvinconsi al racquisto

Dell'onorata lancia o a eterna guerra.

Un feroce lor capo, Adeoniro,

Col manto di pio zelo, infesta il mare

D'incessanti, audacissime, inaudite

Piraterie. Sui piccioli sui legni,

Di ladroni invincibili una turba

Ei radunò che d'uom, fuorchè l'aspetto

Null'altro serban; fama appo i lontani

Sparse ch'uomin non erano, ma mostri

Prodotti dai nefandi abbracciamenti

Delle dalmate streghe e de' demoni.

Niuna legge li stringe altra che un voto -

Pronunciato col rito abbominando

Di libare in un calice una stilla

Di caldo ancor veneto sangue - e il voto

È d'assalir qualsiasi veleggiante

Pin di San Marco, o scompagnato corra

O a torme, o debol sembri o poderoso,

E dalla pugna non ristar ch'o estinti

O vincitori. A queste anime atroci

Ogni pietà verso i nemici è ignota,

Ma tra loro mirabile è una gara

D'assistenza e giustizia e comunanza

Di beni e mali. Adeonir divide

Il bottin, nè maggior parte a sè dona

Che al più abbietto compagno. In gozzoviglie

E in limosine sprecan, non curanti

Tutti del pari, ogni tesor soverchio,

Quand'armi e barche e attrezzi hanno, ed ai figli

E alle donne e a' feriti han provveduto.

Tal delle imprese loro è la ventura,

E con tali atti di barbarie han tinto

Di stragi l'onde, che il nocchier più ardito

Nell'adriaca laguna inoperose

Tien le sue sarte, e unanime la voce

Dell'atterrito popolo s'innalza

Perchè il furto s'espii ch'a furor tratto

Ha de' Dalmati il santo, e a' loro altari

Con doni la fatale asta si renda.

Il senato assentì: ma col ritorno

Della reliquia, pur mutar natura

Non potè l'indomato avido spirto

De' bugiardi pirati: e con più angoscia

Pianse Vinegia le nuove onte, e mosse

Con alte navi e prodi capitani

Ad estirpar di que' malnati il seme.

Ahimè, che de' suoi prodi il morir forte

Non giovò alla repubblica! In tai giorni

Di lutto universale, uno straniero

Sorge e il linguaggio degli eroi parlando,

Radduce nelle curve alme il coraggio.

Quello stranier pugnato avea sui pini

Della sconfitta armata, e al valor suo

De' pochi avanzi si dovea lo scampo.

Era Adello! Il magnanimo senato

Plaude all'ardir del cavaliero; un novo

Armamento decreta: Adel le prore

Capitanando, alla vittoria corre,

E sepolcro i pirati ebber nell'onde.

Favorita canzon del marinaro

Divenne questa istoria, e tutti i liti

D'Italia l'impararono, e ne' gioghi

Più segregati d'Apennino - allora

Che un sir bandisce all'ospite il festino -

Dice al suo vate: cantaci il bel nome

Del vincitor de' dalmati pirati.

Memoria non restò delle sciagure

O degli affronti perchè Adel partissi

Dalle bandiere del leone. Amalfi

Diede ospizio e onoranza al capitano,

E per lui prosperò; la terra e l'acque,

Più d'una volta, del suo sangue intrise,

Ma invitto il vider sempre e più tremendo.

Tacerò quelle pugne e dirò il giorno

Che - tempo era di pace e vincolato

D'Amalfi all'armi il brando ei non tenea -

Adel coll'oro suo recossi ai Mori

Che in Tunisi avean sede, e quanti schiavi

Potè redense. Il sacrificio ei compie

D'ogni suo aver, perocchè morti entrambi

Son gli adorati genitori, e il pio

Figlio all'anime lor schiudere il cielo

Spera con opre che al Signor sien grate.

Un dì, secondi egli aspettava i venti

Per la reddìta, ed ecco entra nel porto

Con festive urla un predator; parecchie

Sbarca gementi vittime, e fra quelle - Oh

sorpresa! oh sciagura! Adel ravvisa

Un cavalier troppo a lui noto, è desso,

D'Eloisa lo sposo!

Ai primi amplessi

(Ed oh quanti dolori in quegli amplessi

Squarcian d'Adello il nobil cor! qual misto

D'antica gelosia, di riverenza

Per le virtù del sir, di generosa

Compassïon, d'affanno immaginando

Le pene d'Eloisa in udir preda

Ai scellerati masnadier lo sposo!)

Ai primi sfoghi di pietà, succede

L'interrogar sollecito dell'uno

E il racconto dell'altro.

"Oh Adel compiuta

È la sventura mia! Tu vedi il figlio

Del felice Usignan, già di castella

Sì ricco e d'armi, cui possenti trame

Di perfidi congiunti han da sei lune

Rapito ogni dominio. I figli miei

E lor misera madre (ah, poich'al duolo

Il tuo signore e mio, Giorgio soggiacque!)

In salvo a Nizza appo mia suora addussi.

Ivi una notte una masnada irrompe

Di Saracini. Io d'Eloisa, e quanti

Dolci pegni m'avanzano, la fuga

Combattendo proteggo: oh, almen per loro

M'arrise il ciel! Ma cinto, disarmato,

Carco di ferri io vengo. Anzi il mattino

Salpan le collegate arabe navi:

Quai di Spagna eran, quai del Sardo e quali

Di quest'africo lito; a me la somma

Lontananza toccò!"

Frenava Arnaldo

Con viril forza il pianto: Adel, compreso

Da tanta folla d'infelici e cari

Pensieri, il volto si copria e lasciava

Alle lagrime sue libero sfogo.

"E anche il mio antico sire è nel sepolcro!

Sì lunghi anni di gloria, e poi nel lutto

Morir miseramente! ecco, empia terra,

Il guiderdon che alla virtù largisci! -

Ma no, delle onorate opre la meta

Non è il sorrider di mortal fortuna:

Amaro a' giusti è il vivere, e beato

Solo quel dì che al mondo vil ti toglie!"

Così esclamava Adel, sazio de' giorni

Glorïosi, ma sterili di gioja

Ch'ei tratto avea, da quando allontanato

Erasi da Eloisa. E or par che tutta

Da mal estinte ceneri risorga

La giovenil sua fiamma: i detti, il volto

D'Arnaldo lo riportano ai remoti

Tempi del suo delirio. Ei vede i colli

Della Sonna fioriti - il santuario

Ove la pia fanciulla iva sovente

A lagrimar sulla materna tomba -

L'inghirlandata barca ove ella, assisa

Sulle ginocchia di suo padre, al canto

Talor sciogliea la voce; e talor l'inno

Era d'Adello; e allor della donzella

Più timido era il canto e più pietoso!

Che pensa, Adel, tua nobil alma? I campi

E le rocche d'Arnaldo andrai col brando

A racquistar pe' figli suoi? ma in ceppi

Ei qui rimansi: squallido, languente

È il suo sembiante: il duol forse e la dura

Servitù in breve troncheranno il filo

Di quella vita... Libera Eloisa?

Oh pensiero infernal! Ma nella mente

Anche de' giusti sfolgora i suoi foschi

Lampi l'inferno - e più son giusti appunto

Perchè talvolta eguali a' rei son quasi,

Ed allor non soccombono, e con arduo

Sforzo sopra il mortal fango s'innalzano.

D'altri schiavi al riscatto ogni tesoro

Già avea consunto Adello: al predatore

D'Arnaldo in cambio, egli offresi. Accettato

Venne il partito, perocch'egro il primo

Schiavo parea, e salute e forza spira

Del novel la persona. Il sir francese

Queste mosse ignorava, e i suoi voraci

Crucci addoppiava l'esser conscio, ahi troppo

Degli affetti d'Adello. Alta è la stima

Che la virtù dell'Italo gli desta;

Ma pur già scorge nel futuro, accanto

Alla donna (e ancor bella era Eloisa)

Il rival cavaliere, e quella stessa

Virtù che in esso ammira è il suo spavento.

Ma oh come in sè medesmo ei si vergogna

Di sì bassi concetti, allor che tolte

Vede a sè le catene, ed alle braccia

Poste d'Adel!

"Che fia? Non mai! Sublime

Insania, Adel, ma insania è questa! infermi

Giorni redimer di chi tutte ha tronche

Le vie di rimertarti e così all'imo

Cadde che d'ogni grande atto la speme

Da fortuna gli è tolta - e invece i giorni

Preziosi immolar di chi seconde

Tutte ha le sorti e per la gloria vive!"

"Arnaldo, i pregi tuoi taccio che sommo

Ti fer sempre a' miei guardi; or sol rammento

Quanta importanza i giorni han di chi i sacri

Titoli vesta di marito e padre:

Appo tal, nulla è la deserta vita

Di chi solingo passeggia la terra

(E tal son io), di chi, s'allegri o gema,

Niun bea il suo riso e niun piange al suo pianto."

Volea soggiunger l'altro. Adel temendo

D'aver con triste voci intenerito

Il suo rivale e forse appalesato

Della stanca dolente alma il segreto,

Apre un gentil sorriso - Va', gli dice,

A consolar la tua dolce famiglia;

Cura nostra primiera esser de' questa:

Indi per me non t'affannar: lontane

Non son l'itale sponde, e ivi sì egregi

Cuori mi fean di loro amistà dono,

Che in me certezza è la lor gara al pronto

Riscatto mio.

"So, generoso Adello,

Che in sue nuove tempeste Ugo invocava

Il braccio tuo; so che anelò Vinegia

Di ritorti ad Amalfi, e che in ciascuna

Itala signoria ferve la brama

Di possederti a suo campion: ma esporti

Di fortuna a' capricci, ah no, non posso!

Sol crederei, se in mia balìa fosse indi

Il tuo pronto riscatto: oh, ma ti dissi

La mia piena miseria!"

Uopo ad Arnaldo

Il ceder fu. Partì sulla primiera

Cristiana prora: agl'Itali l'annunzio

Esso, con altri dall'eroe redenti,

Portar di questo fatto. Onor parea

Stringer più d'una terra alla salvezza

Del guerriero in catene: il sir francese

Non osò dubitarne; Adello stesso,

Benchè scevro d'orgoglio, aver sul grato

Animo altrui credea qualche dritto -

Tutti obbliaro il misero! quattr'anni

Le afriche solitudini l'han visto,

Con abbietti compagni ad opre abbiette

Sotto varii tiranni i suoi sudori

Spargere oscuramente - ed eroe ancora

Esser per gl'infelici, o alleviando,

Con gravarne sè stesso, i lor dolori,

O al rassegnato suo religïoso

Senso le svigorite alme estollendo.

Chi ai Saracini il tardo inaspettato

Prezzo portò del cavaliero? Un messo

Che dalle rocche vien d'Arnaldo. Il sire

Fedeli colleganze e alto valore

Ricondotto hanno a' suoi dominii e a tutta

La paterna sua gloria.

Adello è asceso

Sull'ospital naviglio: al marsigliese

Porto ei veleggia. Oh come dir la gioja,

La gratitudin che il bel cuore inonda?

Come i diversi palpiti, approdando?

Poi, sul corsier veloce alle castella

Del suo benefattore e d'Eloisa

Senza posa traendo?

"Ei giunge: incontro

Moveangli il sire ed Eloisa e i figli

(Figli di quell'imen; pur cari all'alma

Gentil d'Adello!) Mutui i commoventi

Detti suonano e i teneri singhiozzi

E la sincera nobil lode. Un riso

Del ciel parea per que' mortali eletti

Aver portato sulla terra il gaudio

Che dal suo trono Iddìo raggia ai beati!

Ma quel foco di vita che nel ciglio

Brillava ad Eloisa, insolito era.

Da lungo tempo in essa è illanguidito

Il fior della salute. Adel s'accorse

Ch'ella reggeasi con fatica; e intende

Che nella notte in che da Nizza a fuga

Ella errava co' figli, un dardo colse

Leggermente un di questi: ahi, velenato

Fors'era il dardo! Il bambinel da orrenda

Crescente piaga si struggea: la madre

Quella piaga lambendo al figliuol suo

Crede render la vita e, ohimè, s'illuse!

Sotterra è il pargoletto, e da quel tempo

A stento l'arte di Salerno e i voti

Appesi sugli altari e i benedetti

Maravigliosi farmachi al dolente

Sen dell'eroica madre addur novello

Sembran vigor.

Ben tosto Adel conobbe

Che sol gli affetti subitanei un breve

Ponean rossor su quelle guance. Il dolce

Soggiorno alcuni mesi ei protraèa

Appo gli ospiti amati, e con Arnaldo

Il timore alternava e la speranza

Per l'egra donna - Ahi lasso! inferocisce

Rapidamente il morbo! - Adel sul letto

Di morte la mirò. Tutta obblïava

Ei sua virtù: chiedea ragione al cielo

Dei mali onde a gran fiotti il mondo inonda

Ch'egli ha creato, e in quegli orrendi fiotti

Indistinto sobbissa e il buono e il reo.

  "Oh Adel (rispose la morente - e furo

Questi gli ultimi accenti) oh Adel, ritraggi

La insensata parola! È il duol cimento

Ove Dio prova degli umani il core.

Te a egregi fatti i lunghi sacrifici

Portaron: nè t'incresca! e parver lunghi;

Ma, come stral per l'aer, fugge quest'ombra

Ch'uom vita appella e salda cosa estima!

Nè infelice è chi muor, ma chi morendo

Guarda gli anni volati ed alcun'orma

Da lui lasciata di virtù non trova!"

Voce a Eloisa allor mancò: sorrise,

Strinse al seno i figliuoli, all'onorato

Sposo si volse - e dir parea "Co' figli,

Adel ti raccomando" - e più non era.

Così passò la santa.

Incerte storie

Narrano d'un Adel ch'appo i Toscani,

Dopo quel tempo gli Ungari sconfisse:

Fors'era il nostro eroe; forse in più gesta

Ancor brillò la gloria sua. Ma il vate

Che del sepolcro suo cantò, non dice

Se non che vecchio Adel morì e mendico,

Perdonando agl'ingrati, e ripetendo

Que' detti d'Eloisa: "È il duol cimento

Ove Dio prova degli umani il core;

Né infelice è chi muor, ma chi morendo

Guarda gli anni volati ed alcun'orma

Da lui lasciata di virtù non trova!"